U0058830

迷戀與真愛

君靈鈴、風見喬、安塔Anta 合著

Family Sky 天空數位圖書出版

目錄

若無緣，就別讓自己那般卑微

文：君靈鈴

很多事是強求不來的，當然感情也是，當一個人已經不再愛你，這種時候就不是你的姿態放低，或是做很多傻事就可以挽回他的心。

當他的心已經不在你身上，也就代表你與他之間的愛已經不是雙向互通的了，所以別那麼傻，讓自己成為一個傻子，在一個不可能再兜成圓的地方輪迴沉溺下去。

緣分這種事說來很神奇，但也是一體兩面，有時美妙有時殘忍，很多時候會聽很多女孩說「既然如此，為何當初要讓我遇見他」這樣一句話，但這就是緣分的牽引。

所謂緣分，自然是有好有壞，好的稱之為「良緣」，而壞的我們通常就叫它「孽緣」，而如果是孽緣，如果發現兩人緣分已盡，那就不要再苦苦追尋他的身影，在他身後拼命追趕，因為他的目光已經轉移到別的地方，再也不會停留在你身上。

當然，要結束一段緣分通常是痛苦且煎熬的，說真的不容易，相愛越久在要徹底劃清界線的那一瞬間，很多人會稱這種感覺為「心碎」。

這種痛楚這種難以承受，都是我們在感情路上不想遇到的事，但談何容易？

良人難找良緣難尋，在尋尋覓覓之間倘若能遇上良人成就良緣，自然是美事一樁，但倘若不然，也請不要猶豫，斬斷不該再有的眷戀，別想著他會回頭，因為這種機率微乎其微。

更重要的一點是，「愛人」不需要那般卑微委屈自己，若一段感情不能建立平等且達成平衡的關係上，那麼不管是誰高誰低，到最後大多數都會出現問題。

所以，如果發現緣分已盡，那就放他走吧，讓他自由也讓自己好過，善待自己應該是我們對待自己最佳的方式之一，即便短時間內很難走出來，但在時間的催化下、自身的努力下、家人的陪伴下、朋友的鼓勵下，新的世界一定會出現在眼前，而屬於你的良人也一定在遠方等你，至於孽緣，過去就讓它過去吧，既是孽緣，何須掛懷在意？

試著想想，倘若已然緣盡卻硬是挽回，往後的日子是苦是甜，相信不用明說也很清楚，而既然早就再清楚不過的事實，何必非得親身經歷過一遍才甘願呢？

緣分盡了就是盡了，再多說什麼也無益，縱使不甘心，也不該委屈自己。

如果內心的鬱悶不甘無法消除，何不將這股力量用在尋找下一個良緣上，有了上一次的失敗，這一回的緣是對是錯，不就更輕易可以分辨出來了嗎？

良緣來了就不會走，孽緣若走了就莫強求。

對的人

文：君靈鈴

事情都有對錯，當然在愛情上也有所謂「對的人」與「錯的人」，但當年蜜蜜不懂，成天只想找個帥氣又多金的人當男友，因為她覺得這樣的人才適合待在她身邊。

後來，因為蜜蜜條件很不錯，所以追求者不斷，當中最亮眼的就屬阿傑，而最不起眼的人就是阿尚，很自然的蜜蜜對阿傑的追求是最有感覺的，而對阿尚的癡心一片一點感覺也沒有，畢竟阿傑一切都很符合蜜蜜的想像，而阿尚就是個普通人，外貌平凡無奇，看起來說難聽點好像一點出息也沒有。

所以沒多久蜜蜜就跟阿傑交往了，但也就幾個月蜜蜜就發現好像有哪裡不對，阿傑明明是她喜歡的類型，朋友們也都很羨慕她，但她就是覺得感覺越來越不對，對這段感情也慢慢淡了，最後走上分手一途。

不過，一次失敗不代表什麼，蜜蜜沒有放棄她心中的理想型，陸續跟幾個跟阿傑類型相同的人交往，但每回都是段短命戀情，幾次下來蜜蜜實在覺得很困惑，最後找上了大自己很多歲已經結婚多年的親姊姊。

「姊，妳覺得是我有問題還是那些男人有問題？」

「我先問妳，妳覺得妳姊夫帥嗎？」

「就普通啊！」

「那妳記得姊姊我當年沒結婚前很多人追吧？」

「有啊！我還幫忙過拿禮物、花、情書給妳呢！」

「那妳知道為什麼我最後選擇妳姊夫嗎？」

「不知道……我當時也覺得很疑問，可是後來看妳好像過的很幸福，也就一直都沒問了。」

「因為所有人之中，妳姊夫雖然最不起眼，卻是最真心且體貼可靠的那位。」

「是這樣啊……」

「妳年紀還輕，會先注重外表也很正常，但是如果要牽手走一輩子，除了看外表之外，人的人品還有他對妳是否真心這方面更重要，不是又帥又有錢的人就一定好，也不是長相平凡目前沒錢就一定不好，這種事沒有絕對，懂嗎？」

「喔……」

蜜蜜一臉似懂非懂，但不久後，她卻在與一個許久不見的人相遇後完全懂了，這個人就是阿尚。

阿尚對她的喜歡從沒有消退，見到她雖然開心卻沒有逾越，說話語氣誠懇眼神也不輕挑，給人一種很踏實的感覺，這是蜜蜜在其他男人身上沒有感受過的一種氛圍。

她開始對阿尚好奇起來，在阿尚靦腆帶點不好意思的邀約下，她大方答應就當是場偶遇的舊友聚會，然而進餐廳之後她就驚訝了，阿尚樸素的外表下卻很有內涵，舉止得體讓人感到很舒適，也不賣弄自己，給她很安心的感覺。

霎時間蜜蜜懂了姊姊所說的話，看著對面的阿尚她笑了，主動拿出手機跟阿尚交換聯絡方式。

後來他們交往了幾年也結婚了，有天阿尚好奇的問她為什麼願意嫁給她，只見蜜蜜掩嘴笑了下才說了一句話。

「遇上對的人，不嫁怎麼行？」

夜深人靜，轉身有你

文：君靈鈴

曾經，小韻對愛情已經沒有任何憧憬，在經歷過幾次背叛幾次失敗後，她對「愛情」兩個字就再也不提，因為她發現以前總認為身邊有人對自己才是好的，但後來的她認為一個人才自在快活，畢竟一個人什麼也不用太在意，唯一需要在意的只有自己而已。

但這是她遇到阿盛之前的事，因為把心封閉起來的小韻，因為認識了阿盛才知道什麼叫「被愛是一種幸福」，也真切從阿盛身上了解到什麼叫「擁有一個人像是擁有全世界」，因為阿盛就給她這樣的感覺，跟她在一起就像他成為世界的主宰。

她跟阿盛手牽手並肩而行時，阿盛總是笑得很開心，愉悅全寫在臉上不說，還會感染他人，就像在跟其他人炫耀他有多幸福似的，這總讓小韻覺得她很可愛，但也很好笑。

但因為遭遇過的失敗，小韻總是很沒有安全感，即便她深刻了解到阿盛非常喜歡她，但在她內心深處總是有一股聲音在騷擾她，說她這回肯定也會失敗，也會嚐到心碎的滋味。

然而事實證明，是真愛就不怕考驗，一個兩個考驗接踵而來，但最後都在雙方互相理解與真心以對中化解了，而且小韻萬萬沒想到的是，以前她總認為愛情中出現冷戰、爭吵、理念不合之類的問題很可怕，但跟阿盛在一起之後，她卻發現其實這是他們兩人之間的愛情經驗值提高的一種方法。

人與人之間不可能都沒有衝突，該怎麼化解才是該思考的習題，而不是只想著去逃避，小韻以前不知道現在卻是對此論點了解的很深刻，但也是多虧阿盛才讓她了解到這些事。

感受到不安感在交往時日累積後慢慢消退，小韻也終於如阿盛認定她般，認定阿盛就是她未來的另一半，所以沒有意外兩人在交往三年後走入了婚姻建立了家庭。

婚後的小韻很幸福，阿盛的體貼溫柔讓她總是有如置身夢境，以前的失敗經驗都成了過往雲煙，彼此都把對方放在心尖上是什麼滋味，她現在真的可以很篤定說明這種感覺，也終於清楚明瞭一個男人真的愛妳時，絕對不會找一堆藉口不與妳談論未來，而是牽著妳的手執行他的誓言，就像她跟阿盛這樣。

所以，以前的她總是在一次次失敗時，在夜深人靜的時候看著窗外，感覺自己被孤寂包圍沒有出口，但現在不同了，只要她回首一望，就會看到阿盛對著她微笑，然後朝她張開雙臂，等她投入他的懷抱裡。

雖然舉動看似很平凡，但只有小韻知道，她要的其實真的就只是這樣的幸福感，因為人有時候想要的，其實很簡單。

要求不多

文：君靈鈴

接到一個女性朋友打來的電話，內容其實也不讓人意外，就是抱怨她的男友，而基本上這樣的情況已經發生很多次，我們幾個朋友也已經見怪不怪，但其實我們眾人心知肚明，那個男人大抵沒什麼太大問題，問題出在女方身上。

這個女性朋友平時都很正常，但只要談起戀愛就會變了個樣，掌控慾非常強，也很在乎對方的一切及一舉一動，只要對方稍稍不對勁她就會渾身不對勁，吵架是常有的事，就算換男友也是一樣的情況，但每回稍稍勸說她都會被她回一句「我要求又沒有很多，我才不是難搞的人，是他不配合我們才會吵架」。

但她所謂的要求不多，其實在外人看來算是挺多挺嚴格的，說白一點簡直就像一個老媽子管著家裡的小兒子，所以至今她交過的男友中沒一個受的了的。

去哪裡都要報備、做什麼都要兩個人一起、不可以單獨跟女性出去、在公司也不可以跟女性同事說話、什麼紀念日都要記得、兩人的收入由她管理、同居的空間全部共有、她在家時不可以玩遊戲只能陪她……等等諸如此類的要求，她認為這很正常，孰不知這就是一直嚇跑男人的原因。

每個人都需要自己的時間跟喘息的空間，她自己也不例外，但她卻沒有想到自己需要他人當然也需要，只是一味的要求對方必須配合自己，列出一堆要求卻說自己要求的其實不多，但明眼人都看的出來，她的要求不僅多而且不通情理，完全沒有為對方著想，所以沒有人願意繼續留在她身邊，導致她男友一個換過一個，情況一直重複她卻不懂自省。

在愛情中，一直以自我為中心並不是一件好事，但這對愛火的助長也沒有任何幫助，當一個人沒有呼吸的自由與喘息的空間就會想逃離，這是天經地義的事，那種被緊緊束縛的滋味大多數人都無法忍受，也認為不需要忍受。

或許在熱戀期這樣的問題會被直接忽略，但當熱戀期過去之後，現實層面就會一一浮現，愛情是必須交流互通的，而不是一方單方面下指令而一方無條件服從，說實話像在當兵似的愛情談起來一點意思也沒有。

懂得彼此的需求，了解彼此的感受，配合彼此的興趣，給予彼此需要的空間，愛情才能長長久久，只是一味要求和不斷展現自己的控制慾，到最後只會讓對方逃開而已。

雙　向

文：君靈鈴

前陣子一個聚會因為都是女性，所以話題不乏就是說說流行、彩妝然後連結到家庭、親子、愛情之類的，而其中一位朋友在席間忽然問了大家一個問題，結果赫然發現每個人的答案都不同，也恰好說明了每個人的渴望跟需求都不同。

不過有一位朋友卻沒有回答反而陷入沉思，大夥兒看著她都想著這也不是什麼太難回答的問題，而其實也只是大家閒聊而已，太過認真似乎也不必，不過話又說回來，太敷衍的回答可能也會被討論，有時候這種聚會也是讓人挺矛盾的。

「我覺得是雙向。」

忽然間，在大家疑問為何就那位朋友思考這麼久，一個個內心小劇場演不停之際，那位沉默許久的朋友卻忽然開了口，給了這麼一個答案，然後就看到大家妳看我我看妳。

「小茹，妳的意思是在談感情時，男方與女方都應該為彼此付出而不是僅有一方一頭熱的意思對吧？」

我開口問了她，她笑著點點頭，然後就看到其他人楞了下之後也認同的點頭，好似馬上就把「金錢、有房、有車、有存款、帥氣」之類的回答拋到腦後去了。

「雙向」如此簡單的兩個字，包含的意義卻很廣闊且深澳，且說實話還牽扯到很多層面，但回歸實質上來說，那就是雙方是否都是以真心相待對方，更簡化來說就是「我對妳好，妳也對我好」這就叫雙向。

但很多時候我們都知道，愛情中時常可以看見的境況是男尊女卑或女尊男卑，一個像王子一個像女僕，又或者是一個是公主一個是執事，這雙向兩個字除了代表兩顆心，為真心的交流外，其實也是一種平等的宣告。

我愛妳，所以願意疼愛妳、尊重妳、愛護妳，而我愛你，所以我也願意照顧妳、體貼妳、一心一意愛著妳，像這樣的情況愛情才有可能持久，雖然說人與人之間相處不可能都沒有摩擦及問題產生，但倘若心中懷抱著對彼此的尊重與真心的愛意，相信摩擦一定會減少而問題也相對的會比較少。

畢竟如果雙方都懂得為對方著想，深入去了解對方，以正確且成熟的態度去面對遇見的愛情，那麼一直牽手走下去也不會是天方夜譚，因為真心付出且得到對方相等的回應才是愛情該有的樣子，長長久久也才會慢慢出現在彼此的生命中，並在時機成熟的那一天緊緊握住彼此的手，約定好一起實現此生相守的心願。

依賴的分寸

文：君靈鈴

「妳跟我交往初期並不是這個樣子，為什麼現在變這樣？」

男友一句這樣的話讓燕燕當場傻了，最近的爭吵變得頻繁也不是她願意的，爭吵的內容都是一些小事她也不是不知道，其實她也想問為什麼情況會變成這樣，難道是交往時間久了感情轉淡了？

「我覺得……妳的依賴心太重了。」

疑惑的燕燕找上好姊妹訴苦，卻是得到這樣的答案，讓她繼昨晚之後再一次傻住了。

男友說她變了，好姊妹說她依賴心太重，那麼她想請問，她到底是出了什麼問題？

因為說實話，她覺得自己沒有變，也沒有很依賴男友，可是為什麼他們都這麼說？

「燕燕，妳自己變了妳不知道，其實我覺得有穩定對象在交往會想依賴對方是一件很正常的事，但如果妳因此變得什麼事都依賴對方，根本無法或者說不想自己想辦法解決或自己作主一件小事，對方很可能會認為妳不是個可以攜手走一輩子的好對象。」

「為什麼？男人不都是喜歡女人依賴他嗎？」燕燕不懂。

「是，但程度的拿捏跟分寸妳自己還是要抓好，全副的依賴或許可能不只讓他覺得妳什麼都不會，甚至在這之中妳還失去了自我，成為一個凡事都得依靠他人的人。」

「有這麼嚴重？」燕燕聞言有點心驚。

「這要看妳的對象是誰，或許有些男人不在意，但看來妳的男人已經開始在意起這一點，不然他就不會那樣說了。」

聽完好姊妹的話，燕燕沒有再回話，她陷入了沉思，端起咖啡喝了口卻馬上眉頭緊皺，因為她發現今天的咖啡竟然比平常還要苦澀。

她變了嗎？

燕燕思考著，慢慢回憶起往日的點點滴滴，接著一股鬱悶的感覺就在她心頭盤旋不去，可所謂依賴的分寸，她卻一點頭緒也沒有，但聽了好姊妹這麼說，她是願意靜下心好好再想想的。

其實依賴的分寸沒有一定的規範，沒有人規定情侶不能成天黏在一起，也沒有人規定情侶必須分分秒秒膩在一起，兩人之間要互相依賴到什麼程度，端看兩人磨合的程度及相處下來培養的默契。

但不管戀愛再怎麼談，也不能真把自己當成一個附屬品，任何事都等著對方來照料來下決定，畢竟不管如何，很多小事是自己可以輕易作主、不用經手他人的，有時候不是什麼都聽對方的，對方就會開心到不行。

或許對某些人而言，有個可以幫著想辦法或是在需要的時候，可以獨立的另一半，才是他們最好的選擇。

寶　藏

文：君靈鈴

在愛情路上，有人窮其一生都在尋寶，想尋找到那個最完美最適合自己的那個人，但能真正遇上心目中的理想型卻不容易，畢竟人沒有十全十美，而我們通常都會把愛情想的太美。

就拿曉芬來說吧，她談過幾次戀愛，每回都不歡而散，原因都是因為在交往過後，她發現對方總有幾個地方不符合她的要求，而漸漸的她也察覺到一個情況，那就是好像不管自己再怎麼努力尋找，她心目中的良人卻總是沒有出現。

是自己太挑了嗎？

夜深人靜時她也曾經這樣問過自己，但到最後得到的答案卻是「既然要找可以依靠一生的伴侶，那就絕對不可以有湊合的心態」。

是呀，既然是要過一輩子的伴侶，那自然不能以隨便的態度決定對象，但是曉芬忽略了一點，那就是把標準放的過高且把愛情通往婚姻這條路看得太過理想化，只會讓自己陷入一個久尋不著的迷陣而已。

找對象真要說的話的確有點像挖寶，因為沒有人知道自己會遇上什麼樣的人，也沒有人知道遇上的人會不會跟自己走到最後，在尚未相遇或是相遇之初一切都是未知數，但有一點是幾乎可以確定的，那就是最適合自己的有時候並不是自己理想中的那個類型，但這樣就不算是找到寶藏了嗎？

當然不是。

相信過來人都懂，理想與現實都是有著一定的差距，也有些人相信上天的安排自有祂的道理，當理想與現實不符時，說真的別急著鄙棄，每個都有優缺點，而倘若雙方能達到互補，這將會為愛情加分不少。

然而這一個觀點，曉芬卻是到了近三十歲才懂，這著實已經過了她原本設定的結婚年齡，眼看自己沒有對象而身邊的朋友一個個都成了家，而且另一半都跟當初她們口中說的理想型背道而馳，所以她才懂了原來以前自己眼高於頂，總是想找個白馬王子卻不知其實騎著白馬而來的帥哥不一定好，穩重踏實的人或許才最適合她。

然後她又開始尋寶，但有別於以往，這次她知道了自己該往哪個方向去尋找屬於自己的寶藏，就像鑽石需要琢磨才能發出最璀爛的光亮一樣，外表光鮮亮麗已吸引不了她，她想著自己應該多注意尋寶路上是否有不那麼起眼的石頭，待她發現之後，或許會比那些已然閃動著光芒的礦石更有讓她獻出一生的價值。

因愛而閃耀

文：君靈鈴

「珍惜」二字大概是人與人相處之間一個極重要的兩字，在愛情裡也不例外，但很可惜總是有人不去領略此兩字的真諦，仗恃著對方愛自己就為所欲為，卻從來不去想或許自己此時此刻可以如此光芒四射，很可能就是來自對方不計較一切盡全力的支持與奉獻。

但說實話，對方何必如此？

在愛情展開前說穿了彼此根本是毫無關係的陌生人，是因為緣分將兩人牽引在一起，然後就是「愛」這個字開始發揮它神奇的效力，讓彼此慢慢成為對方心中的唯一，只是當愛情展開後，是否一路順利又或是無法走到最後，結果端看兩人如何去經營這段感情。

但很多時候我們會發現，愛情這個天秤似乎總是達不到最佳平衡點，總是看到一種情況，那就是一方死心塌地跟在伴侶身後默默付出默默守候，但另一方卻是無視於這樣無私的付出只在乎自己，甚至連自己何以走到今日如此的地位都不明所以，還以為是自己非常優秀才能得到此結果，而對身後的人不屑一顧，在成功後開始嫌棄起自始至終都無怨無悔的那個人，到最後甚至興起了背叛的念頭且真的付諸於行。

而等到哪日跌下神壇了才恍然發現，原來自己得以登上高峰不僅僅是因為自己，而是當初那個被自己拋棄的人給予無條件的支持與包容，默默在自己看不見或是說根本懶得去看的地方，為自己提供一個無後顧之憂的環境，讓自己可以全心全意去衝刺，為自己的將來而努力才得到令人欽羨的閃耀人生。

因為太近了所以看不見。

因為覺得沒什麼大不了的所以不想注意。

因為感覺功勞都在自己，所以身後那個人可有可無。

但事實真是如此嗎？

倘若真是如此，為何會在失去一切後才猛然想起對方的好，卻感到為時已晚後悔莫及？

說真的，若不是因為對方心裡有著滿滿的愛意，他何必那樣無怨無悔的付出？

這不是義務也不是責任，更不該覺得理所當然，他只是因為愛所以覺得沒關係，但倘若不懂珍惜讓人心就此死絕，最後嚐到苦果的人自然也就是那位不懂珍惜的人了。

人不管追求什麼，都該轉頭看看身後那位目光只定在自己身上深愛著自己的人，他或許不夠帥氣不夠亮麗，但他的眼底一定有著僅對於愛人的專注與癡情，這是人世間最寶貴的感情之一，除了「珍惜」二字之外，沒有其他的話語。

Thinking

文：君靈鈴

在愛情裡，有些話要說出口時真的要先思考一下，到底這句話說出口會有什麼後果。

而在愛情裡也有很多話屬於在能隨意說的範疇裡而有些話是說了就會出大事的類型，但偏偏有時候兩人都在氣頭上紛紛口不擇言，明明知道說出來兩人都難受但還是說了，明明清楚說了可能從此一拍兩散還是在盛怒之下全倒了出來。

其實，這些情況都可以理解，人嘛，誰沒有生氣的時候，畢竟人有喜怒哀樂，怒就排在第二，分量可不輕。

但撇除上述這些情況，可能有人不知道，有的時候無心出口的話更傷人，因為那是下意識的話所以更讓人覺得真實可信，所以莫名其妙的摩擦或爭吵大抵也就由此展開。

這時候其中一方可能滿頭問號，只覺得對方無理取鬧，卻不想其實是自己不知道在何時說了不該說的話，才會導致此時此刻的情況。

所以，說話不經過大腦這件事在愛情中其實是很嚴重的，尤其有些人在戀愛中會特別敏感，一點點風吹草動都能讓他們膽戰心驚，一根小小的羽毛都能讓他們草木皆兵，這時如果另一半神經很大條的話，那赤壁之戰再現也不是不可能的事。

畢竟吵架一事在愛情中就是戳破粉紅泡泡的工具，而應該也沒有人希望在燈光美、氣氛佳的情況下，被一句不經思考的話給破壞好心情，所以有時候話在出口前先想想就變成一件很重要的事。

畢竟白目人人討厭，而不變成白目的方法就是思考，不把無聊當有趣，不把嘲諷當遊戲，不把低級當有品，只要能多想想，在很多時候就可以避免掉許多無謂的爭吵與冷戰。

語言是一個很有趣的玩具，可以讓人任意把玩，要怎麼玩、該怎麼玩、想怎麼玩都可以，但前提是在開口之前要先想想此話一出是否會讓人覺得受傷覺得反感覺得生氣。

就像女性已經很在意自己變胖，男友不在意卻老是喜歡拿這種事開玩笑，雖然明白他不是故意，但一次兩次過後，女性一瞬間爆發也不是不可能的事，只是男友還一頭霧水而已。

玩笑不是不能開，但總得看是什麼情況，尤其在愛情中有些玩笑真的開不得，所以請別選擇當個愛情白目還沾沾自喜以為自己很幽默很高級，孰不知另一半早就內傷在身，只等哪一天爆發而已。

只留回憶

文：君靈鈴

曼玲說她在感情方面有好幾段回憶，每段回憶都有各自的好與壞，雖不是每段都能稱上刻骨銘心，不過這些回憶一直在她心深處沒有散去。

「但過去都過去了，妳不忘掉反而還記著要做什麼？」

一位好友曾經就在她對自己的愛情回憶侃侃而談之時這樣跟她說，而那時的她，聽了好友的話也只是笑笑，沒有再多說什麼，因為其實當初連她也不是很清楚自己記著那些已經成為過往的回憶做什麼，但後來她發現其實這些回憶雖然有的可能不堪回首，但總歸是對自己的人生有點幫助的。

就像她記得有一任男友很會說話，會追到她就是靠甜言蜜語，而後來背叛她勾搭上另一個女人也是靠甜言蜜語，那時的她就知道甜言蜜語雖甜，但就是一顆包裹著糖衣的毒藥。

還有一位前男友初見時非常斯文有禮，看上去家教甚好，一開始也對她體貼入懷非常溫柔貼心，但兩個月過後全變了，後來她發現自己就是遇上一個斯文敗類的恐怖情人而已，而這個教訓讓她知道人不能只看外表，內在才是最重要的。

而她也遇過吃軟飯的，口口聲聲說自己有遠大抱負，實際上全靠她養，噁心的程度不輸廚餘，讓她至今印象深刻。

這些感情上的回憶，說穿了也是她在愛情上的一種歷練，而入圈修練至今，曼玲不敢說自己成了慧眼識人的愛情高手，但至少她真的知道了，怎麼樣的人才是好的，什麼樣的人只是敗絮其中的敗類。

這些回憶留著的用處，在她後來發現好處後也就沒打算遺忘，因為那也是她人生的一部分，雖然不是好的，卻是幫助她在愛情道路上成長的重要材料。

「在愛情中失敗其實不可怕，可怕的是走不出來，明明是對方的錯卻一直以為是自己有問題，我曾經也是這樣，但後來我慢慢在回憶中尋找答案才發現，對愛情想像得太過美好的結果就是傷害自己。」

曼玲笑著這樣說，語氣很輕鬆，表情很淡然。

「但我依然相信愛情的本質是美好的，只是在談戀愛時我會吸取回憶中的教訓，讓自己理智一點、成熟一點，體會愛情真正的美好卻不過分跌入夢幻的泡泡中，因為泡泡終有一天會破滅，而破滅的那一天現實就會來到。」

換言之，回憶就是曼玲在愛情路上的成長紀錄，沒想忘記是她覺得不忘挺好，畢竟居安思危的觀念還是要有的，當現實的那一天到來，倘若沒有任何心理準備，受創會有多深，也就是自己才知道了。

「0」缺勿濫

文：風見喬

俗話說「寧缺勿濫」即是我對愛情的基本原則，這麼說不代表我愛情0分，而是在適當的時候我懂得快刀斬亂麻，不會拖泥帶水，上演「一哭、二鬧、三上吊」的戲碼。好吧！還是會哭，畢竟我也是個有血有淚的人。

但可能我太過於理性，所以即便身邊出現追求者，如果不符合我的擇偶條件，我也一樣無動於衷，就像要打開愛情的那扇門找不到配對的鑰匙，不得其門而入。話又說回來，我倒是很好奇為何有些人可以一直換對象，這個月是長髮辣妹，下個月是可愛少女，這個月是肌肉型男，下個月是溫柔弟弟，好像彈個手指就會有人出現，但他們也稱呼那叫「愛情」。我有時滿羨慕有這種能力的人，想愛就愛，想分就分，起碼也都還有人陪在身邊，過節日的時候不用一個人孤零零的，滑遍手機的好友名單也找不到人一起過，一部分是有家庭的、一部分是有對象的，但大部分是不想過節的，其實也不是想過節，就只是想找個名目聚在一起而已，可憐連這小小的要求都會被無情地拒絕。

這時候交友軟體就發揮了最大的功用，想起有個朋友某一年特別想跨年，但因為我當天上班上到太累，只想在家裡好好睡個覺，什麼倒數啊~煙火啊~對我來說，天亮了日子一樣要過，所以我就婉拒了她的要求；而她大小姐轉身就在交友軟體找到了陪她跨年的人，對方是個軍人，歲數稍長她一些，看起來忠厚老實。相約好了時間，他們選擇看午夜場的電影，時間還配合的剛好，倒數完馬上衝進影廳，看完電影之後就找了間麥當勞待著，兩人過程中都交談的次數少之又少，只是男方一直順著女方的意思，也不太會找話題，就這樣在安靜又尷尬的氣氛中捱到了凌晨，兩人再去海邊看第一道曙光，可惜天氣狀況不佳，太陽公公不賞臉，結果連曙光也沒看到，只有厚厚的雲層，還吹了好一陣子的海風，結束後到了晚上就感冒了，簡直是比悲傷還要悲傷的故事，當然事後也被我調侃了一番。

但其實我也很佩服我這位朋友的勇氣，為了跨年可以隨便跟陌生人出去一整晚，有時想想，這情形大概如同一台車，若沒有汽油也無法跑動，手機若沒有充電也無法使用，如果愛情也這麼簡單就好了。

情花初開

文：風見喬

每個人開始對異性有好感的時間不大相同，有些在嬰幼兒時期就有這種現象，然而大部分的年齡約介於 12 至 13 歲，那時候的年紀正值青春初期，因為生理上的變化，開始會欣賞異性，喜歡異性，尤其女生又比較早發育，加上戲劇的刺激，小說的薰陶，難免會對一些條件不錯的男同學起了愛慕之心。通常這樣的男同學在學校也是風雲人物，功課好、體育佳、身高夠、長相也不錯，除了會有一堆女學生用迷妹的眼神追焦，他自己本身就宛如行走的費洛蒙。

當年我的學校就有這樣一號人物，一舉一動都很引人注目，每次經過走廊就是三五成群的，彷彿皇帝出巡，旁邊那些不起眼的就是為了襯托他的風采，當然也想沾點光，彷彿可以提高自己的價值，老大吃不完的，小的也可以撿來吃。

我也是早早情花就開的其中一位，那時候剛分配到新班級，我個子算是高，所以被安排坐在最後面，情花開的對象是坐在我前面，有點天然呆的男生，但後來我才發現他一點都不呆，考試常常是班上第一名，而我只能勉強擠進前十名。一開始我們不太講話，因為有其他同學跟他聊天後才察覺原來這男生很有趣，很可愛，我漸漸會開始製造跟他講話的機會，例如:故意把橡皮擦掉在地上，再戳戳他的背請他幫我撿，當然頻率不能太多次，否則會引起反感；再來就是藉意問他一些功課上的事，或是黑板的字看不清楚，跟他借來抄，就這樣我們的互動越來越多，而我對他的情感也越來越深。

可惜我們的班導有一個壞習慣，每次段考完後就會全班換座位，那時候我跟他的距離成了世上最遙遠的距離，看著他跟其他女生嬉鬧，我的心裡裝了滿滿的檸檬，可是又要假裝不在意，那段上學的時間真是我每天最難熬的日子，班上同學都知道我們互有好感，可是也都不敢張揚，所幸在畢業之前，我跟他比鄰而坐，班導的壞習慣這時變成了好習慣，我們拿出通訊錄，各自留下聯絡資料，在畢業冊上簽名，也畫下了青澀時期短暫愛戀的句號。

多年後，上高中時參加補習班，就在某一天我在布告欄看見他的名字，因為他的名字比較特別，所以同名同姓的機率不高，隔沒幾天，就看見貌似跟他長相相似的人，我偷偷跟蹤了好一會兒終於確定就是他本人。然而當年滿滿的情感，在當下已蕩然無存，套一句蕭亞軒的歌詞，「最熟悉的陌生人」是最佳寫照。

單身的不只是狗，也有可能是貓

文：風見喬

單身這條路說來也走了滿長的一段時間，路上偶爾有些鮮豔的野花出沒，但僅止於觀賞，因為自己深深了解那些花只適合生存在野外，若是強勢摘取回家，到頭來可能是兩敗俱傷，花凋了殘了，人也厭了倦了。

身邊常有朋友問我何時要帶著交往對象一起出席聚餐，我只能無奈地搖搖頭說:「算了吧~我還是一個人比較自在，如果有緣那個人就會出現。」接著會開始分析關於高齡產婦或是凍卵的事，逼得我趕緊制止她們討論下去，我說我不一定要親自生小孩，如果用領養的我也無所謂，可想而知又是排山倒海的勸我打消這個念頭。

近年來單身狗一詞在網路上竄起，說法有很多由來，例如：英文 Single 發音類似「新狗」，在古代，狗也帶有貶意的意思，像是落水狗、狗仗人勢、狗奴才……等等，算是單身網友的自我解嘲。然而狗也是一種忠心的動物，當你出門上班或上課，牠會乖乖在家等候，如果家裡有小朋友的，還會充當起保母，甚至觀察到主人的喜怒哀樂。

相比起狗，貓就高傲的多了，但貓是一種極為敏感的動物，到陌生的環境會顯得緊張、不安，也需要花較長的時間培養感情，個性上比較獨立，不需要討好任何人，卻一樣優雅自在，會懂得打理自己，很少有出糗的畫面。

很多人會把愛情看得太重，失去愛情好像世界末日那麼嚴重，新聞上三不五時出現為愛殉情的新聞，跳樓自殺、燒炭、跳海，甚至是自焚，其實如果自己不愛自己，再多人愛你也是沒用，因為心靈上得不到滿足，好像個無底洞一樣，一直不斷地索取，但是那些看似愛情的愛，未必能夠滿足自己的需求。有些愛是令人窒息的，脖子隨時都感覺到被掐住一樣，有些則是虛無飄渺的，你可以感受它的存在，但卻抓不住它，這種愛就算得到，到最後也只是痛苦的來源。

關於愛情這件事一直秉持著「可以擁有，但不會依賴」的態度，當然失去的時候一定會傷心難過，但我們應該像貓一樣，受傷了也要自舔傷口，因為不會有任何人可憐自己，要活出像貓一樣的自信，而不是委屈自己只能當條狗，卑躬屈膝的模樣，這樣在愛情的世界裡也才能走出一條瀟灑的路。

當情話變成鬼話

文：風見喬

被一段感情傷害往往是一個人最脆弱的時候，特別是愛情的傷害最深；有些人靠工作遺忘，有些人靠放縱麻醉，或許有些人從此不愛了，而大部分的人則是選擇繼續相信愛情。

隨著 E 世代來臨，現在不用出門也能靠著一支手機認識到全世界的人，只要一鍵下載交友軟體，不管是哪一國通通可以連結得到，甚至可能有機會跟遠在北極的愛斯基摩人認識，誰曉得呢？畢竟 2020 年北極也都有網路了，所以世界上沒有什麼是不可能的。

強者我朋友就是堅持著這股信念，在手機上下載了好多交友軟體，每天想到就是拿起來左滑右滑的，終於有一天讓她滑到了一個心目中的理想男性，而且還是天菜等級的，重要的是對方先釋出了好感，她興奮的立馬把他們的對話截圖給我看，我告訴她這只有兩種可能，一是真愛，二是詐騙，但絕對不可能是第一種，朋友努努嘴的說才絕對不是第二種，我眼見阻止不了，便先由她去。

爾後的一個月內，只要對方跟她說了什麼，她就會深信不疑，例如:「我想要好好保護妳，共組一個家庭」、「真希望妳現在就在我身邊」、「等我這個工作告一段落，我就馬上飛去找妳」。沒錯!愛情的騙子永遠都說他在國外，這樣既可以不用見面，也少了很多露出馬腳的破綻，如果說要視訊，也永遠是不方便，但對方還是會傳照片過來安慰一下，我恨不得將手伸進手機螢幕裡，把那個人抓過來，看看到底長的是圓是扁，好好的工作不做，跑來這邊騙錢，更可惡的是這樣的事件層出不窮，竟然還是有人上當。套句俗話:「沒有常識，也要常看電視」。

過了一個禮拜後，對方用了一些話術要我朋友匯錢，美其名是投資，實際上就是詐騙，我千交代萬交代絕對不要匯錢給他，還找了許多新聞給她看，才讓她稍微有些遲疑。我教她先說最近手頭上比較緊，沒錢可以投資，只要撐過兩天不匯，對方的態度絕對 180 度大轉變。還好朋友不算傻到笨，結局沒讓我失望，我也趕緊勸她不要再沉迷網路世界的愛情裡。

如果在現實生活的愛情都不盡可信，網路上的又怎麼可信呢？太多人喜歡沉浸在甜言蜜語的溫柔鄉裡，卻失去理智判斷這樣的劇情走向是否合理，幻想著童話故事裡的公主與王子，或是偶像劇裡的霸道總裁和普妹能夠修成正果。人人都喜歡被呵護，當那些裹著糖衣的毒藥送上來的時候，第一時間能夠保護自己的人還是只有自己。

一加一，一定大於二？

文：風見喬

人到一個歲數是否就一定要踏上紅毯，步入看似前往幸福的道路？

沒對象時，長輩會三不五時用關心之名，行八卦之實：「都三十好幾了，是不是該找個人，生個小孩，不然以後老了沒人照顧……」巴拉巴拉的開始疲勞轟炸，內心的白眼翻了又翻，只能報以尷尬又不失禮貌的笑容回應。

如果只有那些所謂的關心還不打緊，接下來開始說要幫你物色，沒多久父母就會拿著手機開啟通訊軟體，跟你說這是哪個三姑丈、二姨婆介紹的，好像一個蘿蔔一個坑似的，隨意地被人擺上台，完全不理會你的意願，尤其會開始拿歲數說嘴。

「你看你都幾歲了，還要挑什麼？」

（對，我該死，不應該拖到現在還沒有對象，我應該在一滿 18 歲的當天馬上找個人登記結婚，連擺酒都省了。）

「出去認識一下啊，當個朋友也不錯啊!」

（最好只當朋友你們會滿意）

「你不要那麼排斥，你不要還沒了解就打槍人家。」

（難道我連選自己未來一半的長相都沒辦法作主嗎？我雖不是外貌協會，但起碼還是要有個標準吧~憑甚麼人家可以選我，我不能選對方？）

有時候不想一直打臉長輩，偶爾的附和一下，就更開始沒完沒了……

「你們有聊天了嗎？都聊了些什麼？」

（嗯嗯!呵呵!先去洗澡了）

「要不要找個時間大家一起吃個飯？」

（其實我們還沒熟到可以一起吃飯。）

「你們進展如何？如果不錯的話也可以考慮下一步。」

（我是覺得沒有退步就很好了，還想走到哪裡去）

婚姻是一輩子的事，也不是只有兩個人的事，如果兩個人在一起，比一個人的時候還要累，那我不懂結這個婚的意義在哪裡？結了婚，身分不同了，很多原來你可做可不做的事，一結了婚通通變成分內事，婚前做人家還會感激你，婚後做人家認為這是應該的，做不好還會被嫌，這時候如果連隊友都不給力，再美好的愛情都會開始被一些瑣碎的煩事給消磨掉。

相愛的兩個人不論是否結婚，還是會一直在一起，不愛的光有那張證書能保證什麼？愛情可不是一張結婚證書就能保證幸福永遠不變質。很多人以為婚姻就是一加一大於二，但我更認為 1+1=11，兩個人依然是獨立的個體，但互相扶持一起向前，而不是失去自我融合在一起，不論是在愛情或是婚姻裡，都不要失去了自己的底線，這樣才能走出更長遠的路。

憑實力單身

文：風見喬

近來網路上流行一說法，叫「憑實力單身」，意思大概是指不解風情、不懂幽默、不懂情趣、不懂得製造機會、不懂得對方的心意……等等。

單身的原因通常有兩種，一是找不到對象，二是覺得單身比兩人好。找不到對象的原因其一是眼光比較高，好高騖遠那種，自己條件也不是多好，找的對象卻想要像韓國歐巴或是女神等級，整天有著不切實際的幻想；其二是太過害羞，現代語詞叫做「宅」，不善與人交際，真的只好憑實力單身。

覺得單身比較自在的人通常獨立性也較高，會安排自己的時間，學習新的事物，提升自己的內涵，這種也是憑「實力」的單身。如果有了對象，不僅自己要進步，通常也希望另一半一起進步。

而我也是憑實力單身的其中一位，至於憑哪一種實力就不好說了，以至於親朋好友也很替我緊張，某段日子時常想介紹新朋友給我認識，美其名是交朋友，其實就是要我們交往。我大部分都會拒絕，但拒絕多次了，也得給長輩面子，只好勉為其難的接受他們所謂的好意。長輩們介紹的對象不外乎就是忠厚老實、獨子、有自己的房子、家裡自己開工廠或者是軍人，年齡都虛長我幾歲，這種條件我可以理解為什麼到現在還單身。

先撇開外貌這件事，這見仁見智，有些人喜歡長相斯文，有些喜歡粗曠，有些人喜歡肌肉，有些人喜歡有點肚子，但是獨子這件事很多女生就不能接受，其一是傳宗接代的壓力，長輩們通常表面都裝得很開明，實際上還是希望能夠為他們誕下一個金孫，有時候一個不夠，還會繼續要你追加，第二是如果這個獨子還是個媽寶，沒有自己的想法或是一昧附和長輩，這種情況也會令女生卻步。

軍人大概也是不受歡迎的名單之一，畢竟誰想要結婚後自己獨守空閨？平時有什麼事也沒有人可以商量，生了孩子之後更別妄想有人可以幫忙照顧分擔，如果住在婆家的，還有許多七嘴八舌地教你要如何教孩子的言語，連個抱怨的出口都沒有，這不是比結婚前還累嗎？身邊也不乏有朋友的另一半是軍人，大部分都是滿後悔跟軍人結婚的，不是軍人不好，而是這個職業太不自由了。

其實每段感情走到最後有沒有結婚都好，兩個人找到一個最適合的模式，相輔相成的走到最後，這樣的關係雖不是很緊密，但卻是最舒服的，讓彼此都有自己獨立的空間。一段感情關係裡面，保持一點距離才是最美，要不為何《甄環傳》裡的雍正那麼對純元念念不忘呢？（笑）

To AA, or not to AA,

it's a big question.

文：風見喬

現今這個社會越來越講求男女平等，「AA 制」是一個廣為熱烈討論的話題，曾有新聞報導，一對結婚 50 多年的夫妻，從結婚開始就徹底實行 AA 制，不管是吃的、喝的、用的通通標上自己的名字或做上記號，以至於到最後離婚收場。男士們會用 AA 制來替女孩畫上標準，歸類出主動付錢的就是好女孩，當然女士們也會用以這項標準來衡量男性們是不是一個紳士。

小女子我有幸跟幾位男性一起用過餐，當然我也不免俗的會用對方如何付錢這塊來衡量，畢竟這也是一項評分標準。曾遇過一名男性，就稱他為 A 男，我們先在一間簡餐店用餐，因為要先付費，所以我點完餐後記下我的價錢，等他去付錢回來的時候再給他，他的做法是我只付一半，剩下的他會幫我付掉，我覺得這方法挺好的，畢竟我本來也就沒有要誆他的意思，但又不顯得他小氣。第二位 B 男，對方遠從北部來南部赴約，身為主人家的我一開始就打定了要付所有的費用，這是一個身為南部人的熱情，而對方也沒讓我失望，就這樣讓我付了兩天裡大部分的餐費，最後連原本要送給我的伴手禮也都拿回去了。

第三位 C 男是目前我覺得相處起來最舒服的，我跟他之間不會刻意的表現誰要付錢，如果這餐是他付，下餐我就會先付，誰也不欠誰，如果在公共場合我就會做面子給他，這好像是我們之間的一種默契。第四位 D 男，我們吃完午餐再去看電影，在等電影院開放的期間，我算了一個大概的數字直接給他紙鈔，我也不會小氣到去計較還要找我多少元。第五位 E 男，是一個好朋友，我們每次吃飯都是他出錢，就算我要給他也不收，所以我會改用送點小禮物給他當作回報。

當兩個人走在一起，如果是真的愛對方，其實也不太會計較到底是誰出錢，兩個人講好，有相同的價值觀、金錢觀，一起努力付出又何嘗不可？曾有些男性問我是否女生都覺得男生一定要有車有房才能夠結婚？我說我不這麼認為，重點不是男生有多少動產或不動產，如果男方有上進心，我可以陪他一起努力存錢買房買車，畢竟這是我們共同的未來。我不否認有些女生真的很物質也很勢利眼，但這不代表全部的女性都這樣。或許男性以為女性真的用物質衡量男性的前提之下，倒不如先問自己的上進心夠不夠？

總之，秉持著做人的基本原則，禮尚往來，每段關係才能夠長久，不論是親情、愛情或是友情。

婚姻處處是地雷

文：風見喬

如果婚姻是愛情的墳墓，那公婆就是婚姻的殺手。

許多人在結婚前你儂我儂，走到哪都黏在一起，以為婚姻就像故事書裡的公主與王子，有個令人稱羨的美滿婚姻生活，殊不知兩個人的愛情逐漸被生活瑣事消磨，就像被秋風掃落葉一樣，一點一滴的消逝在空中，有時候可能更慘，就像早上起床上班，把鬧鐘按掉，以為只「瞇」個五分鐘，醒來卻是大遲到，時間怎麼流逝的都不知道。

在台灣，許多女性跟對方結婚的條件之一是「婚後不與公婆同住」，撇開生活習慣各自不同，單是坐在客廳一起看電視都有點難度，長輩看的節目不見得適合年輕人看的，尤其是政論節目，這時候是要滑手機好，還是回房間好？乾脆出門晃一下好了，還要絞盡腦汁想個藉口，就怕長輩不高興。這種天人交戰，內心糾結的時刻，如果另一半完全沒感受到自己的困難，就算把對方殺死一千次都不為過。

當然並非全部的公婆都是不好的，也有把媳婦當成自己女兒來疼惜的，但這比例實在少之又少。其中有一種是公公做主的，另一種是婆婆做主，這兩種起碼都還會有另一名長輩在中間斡旋，慘的是公婆都想做主的，怎麼做都不對，「隊友」又置身事外，加上生了小孩之後，公婆干涉的事情更是比銀河系還廣，尤其不能在公婆面前罵小孩，簡直比犯了天條還嚴重，常常因為小孩想離婚的念頭就此誕生。

偶爾想要跟另一半來個兩人世界，小孩也不知道是不是要託給公婆照顧，如果就這樣出門，長輩的想法一定都是媳婦的問題，自己的兒子完全沒問題，加上那些大小毒姑的加持，媳婦在這個家根本就無立足之地，這時你以為自己遇到豬隊友，其實才發現自己是豬八戒。如果離娘家近的，還可以孩子帶著回去避難一下，住的遠的只能打電話哭訴，可是呢!台灣傳統家庭觀念太嚴重，娘家寧願要自己的女兒吞下這桶苦水，也不願意挺身出來保護女兒，殊不知當媳婦的要吞的苦水可不是只有一桶而已。

台灣有一句諺語「做人家的媳婦要知道道理」，其實不免把媳婦這個詞給上了框架，但所謂「江湖在走，道義要有」，結了婚多了一種身分，當然也得把分內事做好，大家和和氣氣的，就算不是跟親家人一樣親密，起碼不用惡臉相向。如果沒辦法同住，夫妻倆辛苦一點，先買個小套房住，總是能夠比較自在，至少在家裡可以不用穿內衣的自由行走，與婆家的關係也會因距離而產生美感，對大家來說可是皆大歡喜。

失戀學分

文：風見喬

學會如何面對失戀也是愛情學分裡的課題之一，面對一個異性，從初識到朋友最後成為戀人，如果是一定要經過失戀的階段，那還能選擇回到朋友，抑或是變成仇人。

分手的理由百百種，根據調查，台灣情侶分手理由最爛的前三名分別是：

一、「我想先拚事業！」

雖然這個理由很瞎，好像對方是阻止他成為富翁的絆腳石，但是如果兩人的未來目標不同，一個比較愛麵包，另一個被忽略就會死的那種，很有可能常因為對方陪自己不夠久，或是覺得另一方太黏人而吵架，經過一段時間的消磨，兩個人就會漸行漸遠。

二、「我媽說我們不適合。」

當愛情來臨時，大多數都是被沖昏頭的，雖然說旁觀者清，長輩有時候看得比我們還透徹，但如果是真愛，可是三道閃電都劈不開的，把媽媽搬出來還算好，有些連祖宗十八代都挖出來，如果這時候還看不清對方的話，腦袋可能真的是「趴帶」了。

三、「我們星座不合。」

相較於血型，星座常被拿來當說詞，尤其是一些花心的，愛自由的星座就會被扣上莫須有的罪名。周遭朋友的戀情就是因為成也星座，敗也星座，愛的時候就只看優點，不愛的時候眼裡只剩缺點，哪個星座的缺點比星座大師還清楚，也已經忘了當初那種青澀酸甜的感覺。

雖然每個人經歷分手的過程不一樣，有大吵大鬧，什麼事情不能好好用講的，非得一哭二鬧三上吊，更可怕的是遇到恐怖情人，愛不到你就要殺死你，殺一個就算了，有些連對方的家人都殺，所以交往前千萬要張大眼睛，多問多看多打聽，交往中有什麼不對勁的一定要好好處理，免得招惹殺身之禍。當然也有和平分手，可以再做回好朋友的範例。有些關係的界線就像一道無形的天花板一樣，無法再突破，只能退而求其次讓雙方都處在一種最舒服的關係。

不少戀情是因誤會而結合，因了解而分開，失戀不是什麼大不了的事，就跟換工作一樣，這家公司的福利、同事、薪水不合我意，那就換一家。有些人失戀很痛苦，那是因為我們從一段關係中脫離，心裡被掏空、靈魂被抽離，原本該一起看電影的時間沒了，一起慶祝紀念日的日子也沒了，這個人從自己的生活中完全的消失了，會覺得如此痛苦是因為我們在愛情裡也沒了自己。

有時候失戀反倒可以讓自己更了解自己，知道自己適合什麼樣的人，從傷痛裡走出來並不難，可以來場小旅行，學習一直想學但沒時間去學的技能、多結交朋友，脫離那個你們曾經一起度過的生活圈，如果放不下，就讓那段美好收藏在心裡的最深處，才能再迎接下一段戀情。

變色龍的愛情

文：風見喬

在愛情裡，如果對一個人有好感，因為在乎對方，所以會開始收集對方的興趣及喜好，為了迎合對方而改變自己，期望有天能成為對方的焦點，這種稱為愛情變色龍。

這些改變如果自己也能接受，或許還能甘之如飴，但如果是違背自己的本質，這種改變也只是一時的；例如:我有個男性朋友曾經想追求一個女孩，是他心目中典型的女神，為了她，到處去打聽女孩的消息，終於讓他打聽到女孩喜歡烘焙，喜歡自己做做小餅乾小蛋糕，而他也興致勃勃地去報名上了烘焙班，天知道他原本不是個愛下廚的人，下廚的次數五根指頭數得出來，但他願意破例為自己喜歡的女孩忍受這一切，只為博得女孩歡心，而原本的房間也是凌亂不堪，為了邀請女孩到自己的住處，開始打掃得一塵不染，甚至點精油讓香味竄透整個空間，接著開始報名上健身房，讓自己有好體態，可是他以前只是個下班回家只會坐在沙發上打手遊的宅男呢!

而女生也會為了跟對方約會而開始學會化妝及打扮，好比自己原本不穿裙子，為了讓自己變得更淑女，買了一大堆洋裙或是高跟鞋，每次跟男生出去，總是覺得這樣的穿著很彆扭，久而久之那些衣服就通通丟在一旁；在朋友圈裡也是大喇喇的個性，但只要男生一在場，馬上就會變得嬌羞且小鳥依人，朋友們各個都看傻了眼。但正所謂:「江山易改，本性難移。」這些原本不是自己的生活模式，硬要套在身上，實在太過於勉強，如果對方沒跟自己在一起還沒那麼容易被識破，如果在一起了，時間一長，本性就逐漸顯露出來，到最後可能會讓對方覺得有一種被欺騙的感覺。

當然這其實就是人性，為了在喜歡的人面前博取好感，什麼法寶通通出籠，無所不用其極，因為我們都願意努力去為在乎的人付出，即便對方都無動於衷，卻依然相信總有一天會得到回應，但要知道，這世上那麼多人，就算你再優秀，不喜歡你的人還是不喜歡你，他有千百種理由拒絕你；就算你再不起眼，喜歡你的人只有一個理由，那就是他愛你。

曾經聽過一個笑話:一個男生想追求一個女生，但女生實在不喜歡男生，所以拒絕對方好幾次，終於有一次男生忍不住對女生說:「我真的很喜歡妳，妳如果覺得我哪一點不好，我改。」女方受不了，便回答: 「那你喜歡我哪一點，我改!」

其實任何一段愛情我們都不要去委曲求全，因為求來的不是愛情也不會長久，勿像變色龍一樣，不斷迎合對方而改變自己，因為換來的是悲傷和難受，而不是幸福。

後座的你

文：安塔 Anta

「今天去工作的地方看到很多小孩子，感覺真的離開了學生時代了。」今天你這麼跟我說，我心裡也清清楚楚，我們真的已經不在那個時刻了，說到以前並不能說每一個時間都是美麗與快樂的，但回憶就是這麼一回事，它讓我們回想起來是甜甜的酸酸的。後來我們聊了以前一起經歷的事，突然掀開了那本每個人都想好好珍藏的歲月筆記。

在那段時光裡，是我第一次覺得，路越長越好，最好永遠都不要有盡頭。我們單獨相處最長的時間，是在騎摩托車回學校的路上，不知道為什麼我感覺我們去程的時候，彼此好像特別安靜害羞，我們通常聊不到十句話，至少在我記憶裡是沒有太多印象的，或者也可能是去程路上的車子太多，稍微移開了在對方身上的注意力，但我也只能稍微移開了一點點而已，甚至是完全沒有移開過，或者也可能是我們當時各自覺得安靜可以掩藏內心的喜悅吧。

這種不用說話卻能擁有的幸福感顯得如此有神祕感，讓人不自覺陷入一個無止境的空間裡，像是在盪著鞦韆，來來回回的，在心裡衝撞了好幾次，卻不會真正的往外飛出去。幻想過那麼多次談戀愛的樣子，卻怎麼也想不到，我們的開始會是這樣的，會是你坐在後座，是我坐在前座掌握著方向，那是你還不會騎摩托車的時候，因為你從小生長的環境也不在台灣。

我聽見你的聲音好清晰，也只有在回程的路上才能聽得那麼清楚了，你的聲音在我耳邊是那麼輕柔，那麼溫柔，雖然看不見你的表情，但我希望我能看見你的表情，所以我只能偷偷的從後照鏡喵一下……。是我太好奇你講話時的表情是怎麼樣的，跟我想像的表情有一樣嗎？還是不一樣呢？你是很開心的嗎？或是其實你很不耐煩，你完全想要盡快回到學校……？你會想要聽我講話嗎？你覺得我很吵嗎？一旦跟你說話，我發現我的心情隨時可以七上八下。

而我們之間的話語瞬間像漲潮的海水一樣，等不及的想要占滿整個海岸，隨著車速越來越快，有時太快了，是因為怕你以為，我故意放慢速度，害怕被你發現，可惜風也會因為速度而越來越大聲……，直到風聲大到聽不清楚你的聲音，我又開始想要放慢速度……。

去七星潭看夕陽

文：安塔 Anta

「下午去七星潭看夕陽？」你說。「好啊！」我說，我心中沒有多慮。到了七星潭後，我們並沒有看到夕陽，而是一片帶點藍藍又暗暗的天空，看起來像是陰天的樣子。我說今天天氣看起來不太好，我說完這句話，心中才發覺似乎有什麼奇怪的地方，我腦中很快速的浮現一些有關我們現在遇到的事……「七星潭？夕陽？我在花蓮？花蓮在東部？東部？東部！」我終於知道不是天氣不好的關係。我看著海的方向，然後再看著他，他當然還沒想到是怎麼一回事。「你怎麼來東部看夕陽？」我看著他說，然後用一種故意取笑他的表情盯著他。他一臉想要假裝淡定，然後說：「喔！東部沒夕陽呀！」

對於他做的奇異事件，我早已見怪不怪，我似乎也在他的世界裡，習慣了他不在計畫之上的事，交往後的這幾年裡，這樣的事情當然一樣持續發生著。比如夏天很熱，他說到大雪山上可以消暑，結果到了海拔接近兩千的高山我幾乎冷得發抖，到台中新社看花海，完全沒看到任何一朵花，只看見一片光禿禿的地，或是到台中的東勢林場看楓葉，只看見綠油油的葉子，明明再過幾個禮拜後就能看到楓葉了，我們依然還是錯過了。而我們卻好像很享受在這樣錯過的時光裡，彼此心裡想著：「啊！我們又錯過了。」

在這些錯過的時光裡，我們依然想要好好的享受這一切，還是能夠看見在這段旅程裡，世界想要帶給我們的是什麼。對原本計劃上的事，當然會有一點點期待，但我總不會完全的期待，更感同身受的是，我和他一起在體驗著，這種不經意的錯過，從一開始的期待到後來的小小失落，然而填補我們心中各自的小小失落，卻是我們互相經歷的這一切，我取笑他，也會有點好笑又好氣小小鬧彆扭的怪他，每一次總會問他：「怎麼總是帶我去這些地方？」而話又說回來，他也會有點小小委屈的說：「那妳也不是沒有確認過？」

我們時常看著彼此的傻樣，在我們心裡卻莫名覺得甜甜的，我們都知道，我們都想要找理由來怪罪對方，卻也反射的看見自己，原來我跟他一樣，有了這樣的情況，不在計畫之上的事，對我們來說，給予了我們在愛情中的養分，不管我們喜不喜歡這樣的事，認不認同這樣的事，沒有任何對與錯，更讓我們清楚也更明白的是，原來我們好像是彼此的影子這一件事。

雙人電影房

文：安塔 Anta

大概是我們在一起的第二個月，你跟我說要看電影，問我有沒有看過鐵達尼號，我說沒有。你似乎迫不及待的想要我瞭解這部電影，我印象中對這部電影的片段記憶，都是看電視節目談論過，或是歌唱比賽節目才知道的，每當有選手演唱 Celine Dion 的「My heart will go on」，看著評審的講評與神情總是激動不已……。

這也是我們第一次一起窩在房間裡，用你那台小電腦看完了鐵達尼號，我租的房間約五坪的空間而已，我們的背靠著床的一邊，把床邊當成是我們的椅背，把地板當成是電影院的椅子，然後我房間唯一的一張椅子，剛好可以拿來當成是放電腦的桌子。

開始看電影前，你說要把電燈關掉，我心裡猜測也許你會希望擁有一個美好的氣氛，而可能會跟我想的一樣，美好的氣氛都來自於燈光不能太亮，我的小房間裡瞬間被你變成了小小的雙人房電影院，你總是能讓我享有 VIP 的服務，我也不會因為這樣感到不自在，但心中卻有一點點的緊張感。

其實我更想要看你的表情，在每一幕令人感到害羞、緊張的劇情裡，燈光暗得沒辦法看清楚你的臉以外，我也沒有刻意的轉過頭看你，當我漸漸地投入電影裡的情節以後，我可以猜測到你為什麼會想要找我一起看了。

我們在電影裡找到彼此的共鳴，感覺上還不太瞭解對方的我們，就在看完電影後，在這樣的時刻，我們更能感覺到彼此的呼吸與心跳，我們更知道我們在當時一同正在歷經著什麼，我和你的距離是如此的近，近到就像 Jack 與 Rose 他們從相遇到相愛的每一秒，一起經歷了所有的一切，才能把兩人的距離越拉越近。

我哭了，在電影的結尾裡，沒有人會想要有這樣的結局，開了燈之後，我看見你似乎沒有跟我一樣的情緒，你看起來滿平靜的樣子，我不曉得你是不是想要刻意的隱藏自己的情緒，但在那之後我有點睡不著覺，過了很久很久以後才睡著，最意想不到的是，你躺在床上後，過了沒多久你就睡著了，顯得我的情緒好像太誇張似的。

後來才知道你自己早已看過了，也許是這樣的原因吧，因為你早已知道了結局，即使這樣，你依然會想和我一起再看一次，也可能透過這樣的方式，最能把你的感受傳遞給我，我們很快的就能懂那是什麼心情什麼感覺，也就能夠更進一步的瞭解彼此了。

715 公里

文：安塔 Anta

我還記得，那是我們第一次分開，在 85 大樓對面我們肩並肩站在新光碼頭上，顯得我們很渺小，在我們快要分離的時候，你帶我去了好多我沒去過的地方，而明明我才是台灣人，雖然我們在高雄的時間是差不多的，卻好像你比我熟悉了很多很多……。與你在一起的感覺很美好，可是我們心中都知道這會是非常短暫的時光。

在一個月左右以前，我們剛在一起，那對我來說是多麼神奇的一件事，騎車回家的路上我都是在偷笑的，一直到晚上蓋上棉被我還是難以相信，我的第一次戀愛就這樣開始了，最難接受的也是在開始的一個月後，我們必須面對 715 公里的距離。

原來分開的時候是這樣子的感覺，我以為沒有什麼大不了的，但我心裡竟然會這麼難過，我們不知道為什麼我們要面對的是這樣的事，我們是有多麼不想要讓這一件事情發生，多麼希望這兩個月的時間趕快結束，不要再只是透過螢幕才能看見彼此。

這兩個月的時間，也許我們各自心裡是害怕的，尤其是你，你因為我太晚回訊息，所以你生氣了，我並不知道為什麼你會生氣，也覺得沒什麼好生氣的，因為假如你對我是信任的，你根本不需要擔心的，我沒辦法理解的是你為什麼會這麼著急，甚至我們因此而吵架了，可是我們才相處一個月，其實對彼此還有很多的不熟悉，還有很多的不確定。

其實我這兩個月以來，想要盡可能的不要去想起你，不要去想到你的存在，這樣的距離與這樣的時間，是痛苦的，所以我不是希望忘掉，我的方式只是暫時不要去想到你，面對現實的就是 715 公里的距離，這是我選擇的一個方式，但也許你並不是這樣子想的。

那天我們道別，你有多想要瀟灑的轉身離開，但我還是看得見你眼角泛淚的樣子，在美麗島的捷運站，所有目光我都投注在你身上，看著你漸漸的離我越來越遠，隨著你的身影越來越小，我有多想忘記你離開後的身影，卻是那麼的困難。

在我騎著摩托車回家的路上，我無法止住淚水，它為什麼會流個不停，我也不知道原因，眼前的視線都有點模糊，一不小心我才發現我騎錯路了，一晃神過來也不知道自己怎麼騎的，驚醒過來才慢慢擦著眼淚，看著導航繼續騎回家。戲劇般的劇情，在我們身上上演著，更難以捉摸的是下一秒的劇情沒有編劇，沒辦法知道我們的故事將會怎麼發生，這種看不見的不安全感，好像在吃著一顆一顆的草莓，不知道下一顆會是甜的，還是酸的。

薑母鴨

文：安塔 Anta

隔天，我才知道你一個人吃了一整鍋的薑母鴨，那是約三人份的套餐，而你自己一個人竟然全部吃完了，然後又自己一個人喝光了 600cc 的台灣啤酒……。該怎麼說呢……這件事似乎變成了我們現在的笑話，也可以說是這一輩子難以忘記的其中一件事了啊！

現在我也忘記那天我們為了什麼事吵架，只能記得依稀的一些片段，兩個人住在一起，最糟的事情就是發生了爭執，誰知道該怎麼避開那個空間的緊張感，唯一的辦法其中一個人能離開現場也許是最好的，假如無法達到雙方協調的話，而你很聰明確實這麼做了。

不知道從什麼時候開始吵了多久時間，到了晚上因為要吃飯的關係，讓我們看似有了話題，但還是沒把我們冷冰冰的距離拉近，你問了我好多次晚餐要吃什麼，我是有想要吃的東西，但我一點也不想要開口說話，尤其聽到你的聲音，竟有點像是在火上加油，讓我更不舒服，過了好一陣子，你自己出門去了，這才是最好的選擇了。

引燃的火點，每次就像森林大火一樣，難以收拾的局面，等到全部都澆熄後，看到的樣子，也許已不再像從前，有些局部被燒毀也都消失了，但卻讓人還是會想去尋找那個起火點，然後想要把原因一個一個理清楚，想讓一切發生的源頭都有個好出口，但我們彼此誰也不想退步，都想要當個絕佳的好人，不想打上一點點的黑名單。正是這樣，讓我們誰也不想讓誰，唯有的只能等待時間慢慢淡去，讓火延燒到沒有可以燒的地方，它也會漸漸熄滅。

等到我們開口已是隔天睡醒後，澆熄的火已平息了不少，發現受傷的森林也需要被安慰，於是我想要主動詢問你昨天去了哪裡，但我還是沒辦法以太溫柔的方式關心你，所以用這個方式關心你，我取笑你自己吃薑母鴨，而且剛好在你生日的當天自己吃薑母鴨，我更刻意的說，生日快樂，薑母鴨好吃嗎？你滿臉的不耐煩回答，剛剛好吃飽。

一直到今天，我都想知道，你生日那天自己一個人走路去吃薑母鴨的時候，到底是什麼樣的心情，因為後來只要想起這件事，我都想問問你，但你都不太想讓我知道你真正的心情，我想時間再過久一點，你也許就會跟我分享了。這樣的回憶，在那個時候我們彼此明明都是那麼難受的，而現在我們卻因為這件事，讓我們感受到心裡甜甜的。

紅　線

文：安塔 Anta

這個位置選得真好，我晚來了沒多久，或是你提早到了，有點緊張的氣氛，我真好奇我們的背影，看起來是怎麼樣的，還有，你竟然連告白都可以這麼淡定，可是我又覺得你應該也會有點緊張？

這間書店的二樓有內用位置，還有咖啡可以喝，一走上二樓轉身就看見你坐在那裡，那裡是只有兩個人的位置，位置不大，桌子也不大，往前看就是一面窗戶，桌子上放了兩個杯子，你已經幫我點好了咖啡，這也是我們第一次相約在咖啡店。這裡，真的很適合告白，你剛開口講得這一段話，我還有點不知道發生什麼事了，我想你怎麼突然間就說了一堆我聽不懂又那麼長的話，還以為男生告白都是直白又簡短的，後來更加瞭解你之後知道這是你的作風，也很適合你。

我跟你說，再給我一點時間，從你講完這一段話開始，似乎訴說著我們曖昧的關係就要結束，我並不在意我們一直維持這樣的關係，我會想到這個，或許我也是擔心我們關係會不會產生了什麼樣的變質，或是一切都只是我個人單方面胡思亂想也好。我喜歡我們目前的關係，也不希望這裡面被誰打擾，可是從今天以後會是你或是我打亂了這樣的節奏嗎？

下一次再見到你的時候，我該怎麼面對你，你又會怎麼看我？才過了沒多久，我開口邀你一起看歌唱比賽，你也答應了，自從那天之後，我有點不知道要用什麼樣的方式和你相處，但我知道，在歌唱比賽那天我見到你，你還是一樣的，沒有變質過的你。

我只跟你說，我還需要時間，這個答案對我來說太重要了，那也是因為我真的重視了，這種感覺太措手不及了，在我還沒有確定的時候，你會願意給我時間嗎？會在原地等待嗎？我一定會給你結果的，只是需要那麼一點喘息的空間。

大約過了一個禮拜，我在這之間回了家裡一趟，讓自己好好的看見自己心裡想的是什麼，在這幾個月的時間與你相處，沒有別的，我只看見了我們彼此都感覺有了對方的存在，是多麼快樂的一件事，我也不需要再懷疑了，也不要讓你等了，那天假日晚上我說在學校門口見吧，跟你說了沒幾句，就跟你說，從今天我們就開始吧，你一臉朦朧還有點搞不清楚狀況的樣子，我笑了很久。愛情來了，可能也需要一點天時地利人和，才能把紅線越拉越近，越拉越近。

信

文：安塔 Anta

「我們每個禮拜來寫信給對方，怎麼樣？」你說。我心中的答案絕對是說「好」。我本來就覺得寫信有一種魔力，因為它可以看見平常那個人不會說的話，雖然不能保證每一個人都是這樣，但我就是這樣的，不知道為什麼特別喜歡寫信，在寫的時候，可以盡情的想寫什麼就寫什麼。

「好呀！那我們什麼時候將信交給對方好呢？」我說。「每個禮拜一，怎麼樣。」你說。那是你還住在學校宿舍的時候，原來你也喜歡寫信，我幾乎沒有遇過會寫信給我的人了，通常也只有我會自己寫寫信給朋友，但卻很少很少會收到朋友的回信，就算回信了，有時候看到信的內容，好像也覺得缺少著什麼，自己甚至還嫌棄朋友寫的內容，怎麼會這麼直白就寫出來了呢……。

到底連續了多久，寫了幾個禮拜，我們似乎也記不清楚了，可以看見的是裝滿了一整袋的紙袋，也許在這一個紙袋裡面，都是我們對對方的感覺與思念，我們隔空對話，卻不會因為看見對方的臉而顯得尷尬，我們傳遞的那封信，是連自己都還沒認識的自己，我們提筆寫下的，不僅是我們自己記錄著我們相處的過程，還能讓我們更加深刻的是，我們當下正在相愛著，正在戀愛的進行式。

還沒與你同居時，總是有好多話想寫進每封信裡面，無時無刻總會好奇的想著，從早晨開始，你也跟我同個時間起床了嗎，你已經開始上第一堂課了嗎，我想我們都很好奇對方在做著哪些事。當然，每個禮拜我們都會約好在哪裡見面，等待對方的來信，然而我們會親手送信，當起郵差，把我們沒見面時，想到的各種情話，交給對方。

在學校的某個角落，都有我們相約給對方送信的畫面，有時候我跟你說，我要先去行政單位處理一些事情，這裡人比較多，再找其他時間相約，因為我前面排隊的人還滿長的，你卻跟我說，你會馬上過來，真的沒多久你就出現了，而我總在意前後排隊的人，是否看著我們在幹嘛，但你也總是不在乎，不管排隊的人多不多，你好像只想要趕快和我交換每個禮拜的信，你看起來好像很期待很興奮，從來也不會懶得等待。

雖然生長在這個時代，這麼方便的環境下，還有誰會用信件來表達自己的思念？也許還是有的，信件總是有溫度有故事的，可以代表著不管距離多遠，能透過自己寫下來的每個字，更能深刻的感受到對方的心境，能緊緊牽起一絲一絲的情感，拉近每個人心中那獨一無二的橋樑。

公車站

文：安塔 Anta

在學校的社團辦公室（社辦），從吃過晚餐後一直到凌晨的時間，我們幾個人還窩在社辦裡忙東忙西，而校園外的人，從原本人來人往的學餐中，漸漸只剩下稀稀落落的人群，談笑間的聲音也變得越來越小聲，最後只看得見幾個單獨個體，還有學校的幾隻校狗捲曲著身體在階梯外面。

在忙著社辦的事情幾個小時後，我突然想要喘口氣，也讓自己有個放鬆的時間，卻有點擔心凌晨外面的夜晚，後來我還是選擇起身打開社辦的門，向階梯往下走後幾步路，察覺到後面似乎有人跟在我身後，原來我從社辦走了出來，而你也從後面跟了出來，瞬間覺得頗有安全感。在我們還沒公開之前，我也很想在當下開口告訴你，我要去哪裡，你要不要一起去，但值得開心的是我們在一起的短短幾天裡，還算滿有默契。

沿著學校的斜坡，我們肩並肩腳踩著一樣的磁磚，一直往下走，走到公車站的地方，你說在這裡坐一下吧，空無一人的校園，平常不會坐在公車站等候椅子上的我們，與剩下幾顆路燈還直挺挺的為沒入眠的人類照耀著，坐了沒多久後，我才感受到原來六月的晚風裡，竟是有一點冷冷的感覺。

空曠的木椅上，看起來可以容納將近十人左右，我們坐下後，開始隨口交談，忘了和你都聊些什麼內容了，或者是那天我們也沒有聊太多，可能我們都想在當下好好享受這一個晚上，好像只有我們兩個人的世界，沒有人可以發現我們，所以也不會有人可以打擾到我們，整個校園都是屬於我們的，未來的我們會知道，我們就喜歡享受在公共場合包場的感覺。

我告訴你我感覺到天氣滿冷的，於是你主動說靠近一點就不會那麼冷了，我們彼此越靠越近，從原本我們中間有條空隙到沒有空隙，然後你順其自然的將你的手握著我的手，我的手是冰的，所以我瞬間就感受到你的手很暖，也感覺到你的手很厚實。

我喜歡這樣沒有劇本的開始，第一次的牽手，不去想會在什麼時候，不去想要設定在什麼樣的場合，因為任何一個場合或任何一件事的發生，可能都很難能在我們自己的掌握中，這樣無預警的發生，也許是有些女生會喜歡的驚喜。那天是六月的凌晨夜晚，校園裡完全沒半個人，只有我們兩個手牽著手……，而我雖然感覺身體冷，卻不想離開。

暫　時

文：安塔 Anta

柏油路上的火氣直直往上升，讓人難受的感覺到黏踢踢的皮膚，正迅速的冒著汗。理所當然的，可以知道這絕對會出現在一個炎熱的夏天裡，在這個六月的季節，整個島上像是悶悶的在鬧彆扭一般。我們一起從學校騎機車出來後，便開始在找有什麼可以當作消暑的食物，找到一間招牌寫者三十幾年的老店，然而，後來的後來我們會知道，那間豆花店在未來的時候，我們不再想去消費了，原因是我們一致認同並不是特別好吃。

在這麼熱的天氣，我們想盡辦法一定要找個地方躲躲太陽，想要暫時躲一下，降一下火氣，卻沒想到這個暫時有可能會是人生中最長的一個暫時。我們幾乎沒想太多，甚至可以說是順其自然的就到了我的租屋處，那可能是我們當時想到的唯一一個地方了，看起來像是別無選擇，實際上應該算是一種命運的安排，就像順時鐘的原理那樣，時鐘的方向永遠也不會逆著反方向走，所以人類的生活才必須一直向前再向前。

我們從樓梯往上走到我的房間，我還是會緊張，會覺得有點不知所措，會懷疑我們是不是不應該同時出現在這裡，未知的答案，時常都讓人感到很多餘，因為常常是在自己已經正進行某件事的時候，又跑出一些不必要的想法出來，真是令人困擾啊。

房間門關上的瞬間，這麼小的空間，只有我們塞在一塊，對於剛在一起沒多久的情侶來說，真是一件容易令人臉紅的事。我們一塊坐在我剛搬到這間房間布置的巧拼上，肩並著肩的我們，在這個暫時的時間裡已經占據了對方一個下午的時間，後來大概聊了一些芝麻綠豆小事，也大概是豆花吃到快見底或是吃完的時後，你說就現在吧，我還來不及反應，還只是在想你要說什麼的時候，你起身蹲在我面前，似乎只看了我一秒的時間，我們的嘴唇就貼在一起了。

當時我們還沒有熟到可以無話不談，只是強烈的感受著對方說過的話，還有對方的樣子，當時幾乎都只記得這一些，並沒有像未來的這幾年裡，我們很清楚的知道，那間豆花店我們根本不覺得好吃，很難得的是，在那天那種情況下，再怎麼吃似乎都是那麼好吃，可能當我們在第一次靠得那麼近的瞬間，周圍都變成粉紅泡泡了，不管如何，其他的東西都變成只是陪襯的，那麼微不足道，幾乎不足以掛齒。

安全帽

文：安塔 Anta

知道你寒假自己一個人去了台北，沒能猜到你為什麼會想去夾娃娃機，這是一個猜不到的事情，原因是我不覺得你是會去這個地方的人，我猜著你可能會去的地方，卻也想不到你會去哪裡，從這一點我猜想你有一種童真的氣息，跟你本身給人的感覺不太一樣的。

當時的我，是充滿疑問的收下，像是一種收下也沒什麼問題吧，這樣的心情，可是收下後要面對的，卻是心中有著排山倒海的問號正侵蝕著，這是你真心想要送我的嗎，或者是說，你自己也不會用到這個東西，但卻又不知道該送給誰，才想說給我的，說起來也不能算是送我，只能說是給我而已。

我收下的心情，不能說是不開心的，但卻好像沒有感覺到開心，像是有一點點悶悶的，我雖然如此困擾著，但回家後我還是輕輕的放下這頂安全帽，我將它好好的放在房間門的一邊，我看著它，我真希望它能夠開口說說話，可以跟我說說它的故事，它是從哪裡來的，而今天又是怎麼到這裡的，究竟它是在什麼樣的心情給送出去了，也許我就可以知道它對我來說，到底重要嗎？

我似乎拿了一個疑問回家，我也只是放在一邊，卻怎麼也不會想要使用它，因為對我來說，我認為這頂安全帽，不是我會喜歡的，而它的樣式也並不是好看的，讓人疑惑的是，究竟有人喜歡一個人的時候，會送對方安全帽嗎？而且還是第一份禮物，而且是一個沒有包裝過的禮物。

每一次與你有了多一點互動，回家看到安全帽後，心裡總有種不平靜的聲音，總會告訴我，也許是我想得太多了，心情好的時候，就會看著這頂安全帽偷笑，心情不好的時候，就會怪自己當初怎麼會收下這頂安全帽，我感覺我就像坐在蹺蹺板上，而你就坐在我對面，你會讓我一下往上或者是一下就往下墜，而明明我可以起身離開蹺蹺板，但我卻沒有起身。

我以為是這樣的，是你不喜歡這頂安全帽，你又不知道該送給誰，而我在你眼前，是那麼地剛好有在騎機車，所以你也就順便問我，要不要，並沒有感覺到，是不是有其他意思，我沒有想到拒絕的原因，於是收下來。然後奇妙的是，原來你事先送給了自己。

你跟我說過，也許我需要載人的時候就能用上了，後來誰也沒有用上，也只有你戴上這頂安全帽了，一直到現在你還是帶著它，誰知道你竟然是送給了自己。

國家圖書館出版品預行編目資料

迷戀與真愛／君靈鈴、風見喬、安塔 Anta　合著.—初版.—
臺中市：天空數位圖書　2021.07
面：14.8*21 公分
ISBN：978-986-5575-45-8（平裝）

863.55　　110011934

書　　名：迷戀與真愛
發 行 人：蔡秀美
出 版 者：天空數位圖書有限公司
作　　者：君靈鈴、風見喬、安塔 Anta
編　　審：亦臻有限公司
製作公司：辰坤有限公司
封　　面：Jackie
版面編輯：採編組
美工設計：設計組
出版日期：2021 年 07 月（初版）
銀行名稱：合作金庫銀行南台中分行
銀行帳戶：天空數位圖書有限公司
銀行帳號：006-1070717811498
郵政帳戶：天空數位圖書有限公司
劃撥帳號：22670142
定　　價：新台幣 260 元整
電子書發明專利第 I 306564 號
版權所有請勿仿製

※ 如有缺頁、破損等請寄回更換

Family Sky

紙本書編輯印刷：
電子書編輯製作：
天空數位圖書公司 E-mail：familysky@familysky.com.tw　http://www.familysky.com.tw/
地址：40255台中市南區忠明南路787號30F國王大樓　Tel：04-22623893　Fax：04-22623863